THÉATRE
DE SÉRAPHIN.

IMPRIMERIE D'ANT. BERAUD,

Faubourg Saint-Martin, n°. 70.

THÉATRE DE SÉRAPHIN,

ou

LES OMBRES CHINOISES,

Dialoguées, commentées, abrégées et moralisées pour les enfans.

Ouvrage orné de figures en taille-douce, et d'un grand nombre de planches gravées en bois, par Duplat et Bénard.

QUATRIÈME ÉDITION,

Revue, corrigée et augmentée de deux dialogues.

TOME II.

PARIS,

LIBRAIRIE D'ÉDUCATION ALEXIS EYMERY, RUE MAZARINE, No. 30.

1816,

THÉATRE
DE SÉRAPHIN.

DIALOGUE VIII.

Cassandre, Gilles et Colombine.

LA MAMAN.

Vous avez rempli vos devoirs avec exactitude; vos maîtres m'ont.

II.   1

témoigné leur satisfac-
tion, et pour vous prou-
ver la mienne, je vais
vous dire quelques mots
sur chacun des person-
nages qui vous restent
à connoître dans la
troupe illustre des ma-
rionnettes.

HENRI.

Voulez - vous com-
mencer par Cassandre?

SOPHIE.

Non, maman, Colombine doit avoir la préférence.

CHARLES.

Moi, je crois que c'est Gilles : ce personnage est bien plus divertissant que les autres, puisque c'est lui qui cherche à tromper

Arlequin et Colombine, et qu'il est toujours leur dupe.

LA MAMAN.

Charles a raison ; mais pour vous mettre tous d'accord, je parlerai de tous trois en même temps ; il est presque inutile de les séparer, et quand vous les connoîtrez bien, je vous donnerai l'analyse d'une ou deux pièces où ils jouent chacun leur rôle. J'ai vu plusieurs arlequinades très-plaisantes, et je me les rappèle assez pour vous les raconter.

CHARLES.

Oh! oui, maman !

cela nous fera grand plaisir.

LA MAMAN.

On représente toujours Cassandre en vieillard décrépit et ridicule; il porte une perruque blanche, couverte d'un bonnet de soie noire, sur lequel il place encore un petit

chapeau à trois cornes.
Son costume favori est
un habit de velours,
une grande veste, une
culotte de même étoffe
que son habit, et des
bas rouges. Ce barbon
ne marche jamais sans
une grande canne de
jonc qui lui sert de
soutien.

SOPHIE.

C'est bien ainsi que je l'ai vu aux Ombres Chinoises.

LA MAMAN.

Cassandre est, suivant l'intrigue des pièces dans lesquelles il joue, le père de Colombine ou son tuteur. Dans ce dernier em-

ploi, il est presque tou-
jours amoureux de sa
pupille.

HENRI.

Maman, dites - moi
pourquoi   Cassandre
joue ainsi deux rôles ?

LA MAMAN.

Parce que Cassandre
n'étant point un per-
sonnage historique, ce-

II.   2

lui qui le place dans
une pièce peut, selon
son idée, en faire le
père de Colombine, ou
le ridicule prétendu
dont Arlequin se mo-
que.

SOPHIE.

Mais il se moque
aussi de Gilles.

LA MAMAN.

Sans doute, Gilles

est un sot qui ne peut
lutter avec Arlequin. Je
n'ai pas besoin de grands
détails pour vous faire
connoître ce Gilles ;
son costume blanc, sa
figure plâtrée vous suf-
firont pour ne jamais
vous tromper.

CHARLES.

Avec son chapeau
en pain de sucre, ses

manches longues et sa grande colerette, qui ne le reconnoîtroit pas ?

SOPHIE.

Maman, je n'ai rien vu de remarquable dans l'habillement de Colombine.

LA MAMAN.

On la représente comme une jeune fille,

jolie et spirituelle; son costume doit être celui de toutes les personnes de son âge.

SOPHIE.

Je lui trouve un goût bien bizarre, de préfé-rer Arlequin à tout; Colombine est jolie, Arlequin est laid à faire peur, il ressemble au

2*

petit négrillon que mon
oncle a pris pour jokei,
et que je ne vois pas
une fois sans frayeur.

LA MAMAN.

Sous cette figure noi-
re, Arlequin cache une
belle âme. Il est bon,
sensible, son esprit et ses
qualités valent mieux
qu'un beau visage. Ap-

prenez, mes enfans, que ce n'est jamais la beauté qu'on doit rechercher, mais cette amabilité, cette bonté qui nous rendent estimables et qui nous font chérir de tous ceux qui nous entourent.

HENRI.

Moi, j'aime beaucoup Arlequin.

CHARLES.

Quoique Gilles ne soit pas aussi laid, je l'ai entendu mentir si souvent, je l'ai trouvé si imbécille, si poltron, que je n'ai jamais été de ses amis.

SOPHIE.

Je me rappèle une lettre que Gilles écri-

voit à Cassandre... Je
ne sais plus le titre de
la pièce. Te souviens-tu,
Henri, d'avoir vu arri-
ver Gilles sur un Âne,
avec des joujoux dans
ses poches?...

HENRI.

Oui, c'est dans *Cas-
sandre Médecin.*

SOPHIE.

Justement. Je veux

faire preuve de mé-
moire, en répétant la
lettre entière que Gilles
avait envoyée à Cas-
sandre, en le prévenant
de son arrivée; tu te
rappeles qu'il vient
pour se marier avec
Colombine.

CHARLES.

Quoi! tu sais par
cœur ce grand couplet!

SOPHIE.

Oui.

HENRI.

Tu ne pourras jamais le chanter sans te tromper.

LA MAMAN.

Je suis assez de cet avis.

SOPHIE.

Vous allez voir.

AIR: Toujours debout, toujours
en route.

A Beaune, où j'ai mon do-
micile;
Depuis long-temps j'étais tran-
quille,
Lorsque je relus dans mon
cœur
Que je brûlais pour votre fille;
Qu'à m'unir à votre famille
Je trouverais un grand bonheur.
Pour accélérer ce bonheur,
Hier, je me suis mis en route,
Et quoique beaucoup il m'en
coûte,
Je m'éloigne de mon pays,

Pour venir vous joindre à
          Paris,
Où j'espère arriver dimanche,
Monté sur mon ânesse blanche.
Nous passons le contrat lundi,
Je suis votre gendre mardi,
Mercredi, tout le jour on danse,
Et l'Amour règle la cadence ;
Nous faisons nos malles jeudi,
Je vais payer, vendredi,
Deux places à la diligence ;
En vain Colombine balance,
Je l'emmène le samedi,
Vous, à ce trait étourdi,
Plein d'une tendre inquiétude,
Et maudissant ma promptitude,

Vous dites allez, je bénis

Gilles, Colombine et leurs fils.

Vôtre discours nous porte à

l'âme,

Mais je m'éloigne avec ma

femme,

J'arrive à Béaune, en môn

pays,

D'où, beau-père, je vous écris

GILLES.

Eh bien

LA MAMAN.

Tu m'as surprise,
Sophie.

CHARLES.

Moi, maman, je me rappèle aussi un couplet que Colombine chante dans la même pièce, lorsqu'elle vient embrasser Cassandre. Le voici :

AIR : Jeunes amans, cueillez des fleurs.

À mon réveil, auprès de vous,
Par mon cœur je suis amenée ;

Puis-je jouir d'un sort plus
> *doux,*
Et mieux commencer la jour-
> *née?*
J'accours, par un soin assidu,
Pour vous embrasser la pre-
> *mière,*
Et rendre hommage à la vertu,
En rendant hommage à mon
> *père.*

HENRI.

Moi, j'ai retenu aussi
une chanson, mais je
ne la chanterai que

lorsque nous parlerons de la *Descente d'Or-phée aux Enfers.*

SOPHIE.

Maman, vous nous avez promis quelque chose pour terminer cette récréation.

LA MAMAN.

C'est vrai. Je me suis engagée à vous ra-

3*

conter une ou deux ar-
lequinades, et comme
je suis contente de vous,
je vais vous les dire.

SOPHIE.

Nous vous écoutons,
ma bonne maman.

LA MAMAN.

Gilles, pour obtenir
la main de Colombine,
et jouer un tour à son

rival Arlequin, parie
cinquante écus avec ce
dernier, qu'Arlequin
ne pourra pas rester
vingt - quatre heures
chez lui sans sortir, et
pendant qu'il demeure
enfermé pour gagner
l'argent de Gilles, ce-
lui-ci va trouver Cas-
sandre, père de sa pré-
tendue, et fait tous ses

efforts pour engager le
vieillard à lui donner
sa fille. Au bout de
vingt-quatre heures,
Arlequin veut sortir;
mais Gilles, usant de
supercherie, a, par pré-
caution, enfermé le
pauvre Arlequin, qui
ne sait comment échap-
per au piège qui lui
est tendu : alors Go-

lombine, qui devine la
ruse de Gilles, envoie
à Arlequin un gros
pâté, dans lequel est
une échelle de corde,
au moyen de laquelle
le prisonnier s'évade ;
et court chez Cassan-
dre, où il rencontre
Gilles, qui perd alors
l'espoir d'obtenir Co-
lombine ; et se voit

forcé de donner à son rival les cinquante écus qu'il a gagnés, et avec lesquels Arlequin paye son repas de noces.

SOPHIE.

Ce méchant Gilles a bien mérité ce qui lui est arrivé.

HENRI.

Aussi, Arlequin s'est amusé à ses dépens,

CHARLES.

Maman, vous nous avez promis une autre histoire.

LA MAMAN.

Arlequin, tambour d'un régiment, revient de l'armée, il rencontre Gilles, qui l'engage à jouer, et lui gagne frauduleusement son

argent, qu'il rapportoit
pour décider Cassan-
dre, qui l'avoit d'abord
trouvé trop pauvre, à
lui donner la main de
Colombine. Gilles ,
charmé de cette aven-
ture, court en faire
part à Colombine, mais
il a la sottise d'avouer
qu'il a usé de superche-
rie en jouant avec Ar-

lequin. Ce dernier entend cet aveu. Gilles montre à Cassandre l'or dont il est possesseur; ce père avare est prêt à donner son consentement pour le mariage de Gilles et de sa fille, mais dans le fond du théâtre, est Arlequin qui songe à se venger: Colombine ... s'entend

avec lui; elle dit à
Gilles qu'il lui faut
des habits et des meu-
bles pour son ménage.
Gilles lui présente sa
bourse où est l'argent
volé à Arlequin : celle-
ci la prend et la rend à
son véritable maître;
en disant que c'est lui
qu'elle épousera. Cas-
sandre, instruit de ce

qui s'est passé, écon-
duit Gilles, et Arlequin
devient son gendre.

CHARLES.

Le voilà encore at-
trapé.

SOPHIE.

Maman, savez-vous
encore quelques contes
semblables.

LA MAMAN.

C'est assez pour au-

jourd'hui, mes enfans.
Demain, nous nous oc-
cuperons des Ombres
Chinoises; il faut va-
rier nos récréations.

La ruche.

DIALOGUE IX.

Le Bûcheron.

LA MAMAN.

JE suis convenue avec
vous, mes enfans, de
vous entretenir ce soir
des Ombres Chinoises,
et je vais tenir ma
promesse. Vous rap-

pelez-vous ce que re-
présente cette figure?

HENRI.

Oui, maman; c'est
un bûcheron qui est
tombé en voulant cou-
per une branche d'ar-
bre.

CHARLES.

On voit encore la
branche qu'il tient dans
sa main.

SOPHIE.

Tu as raison, mon frère, et on s'aperçoit, à la mine que fait cet homme en tombant, qu'il a peur de mourir de sa chute.

LA MAMAN.

Il a bien raison d'être effrayé, car l'endroit où il étoit placé étoit très-élevé.

HENRI.

Encore c'est qu'il va tomber sur la tête : cela me fait frémir.

CHARLES.

Et sa serpe donc, qui va peut-être lui couper le bras, car il la tient encore.

SOPHIE.

Mais il ne faut pas

perdre de vue que tout
ceci n'est qu'une fic-
tion.

LA MAMAN.

Oui, mais cette fic-
tion n'en a pas moins
un but; elle prouve
qu'il y a des gens dont
l'esprit est extrême-
ment borné; que cet
homme a fait une très-

grande faute de raison-
nement, en appuyant
son échelle sur une
branche d'arbre qu'il
vouloit couper; et quoi-
qu'une balourdise de
cette espèce puisse ne
pas paroître croyable,
il est certain qu'on a
vu dans tous les temps
et dans tous les pays,
des hommes qui ont

fait preuve d'une assez
grande stupidité, pour
qu'on les soupçonne
capables de tomber
dans de semblables sot-
tises.

HENRI.

Maman, la gravure
suivante nous fait voir
la femme de ce malheu-
reux bucheron, qui
vient à son secours.

Bon Dieu! comme il parqît souffrir! Elle aura bien de la peine à le rappeler à la vie.

SOPHIE

Mais souviens-toi donc, mon frère, qu'au théâtre on le transporte chez lui, et que là un médecin vient lui administrer des secours.

CHARLES.

C'est vrai; on panse ses blessures : mais malheureusement sa femme laisse à sa portée un broc de vin, et la première chose qu'il fait après le pansement, c'est de l'avaler tout entier, en feignant de croire que c'est de la tisane.

LA MAMAN.

Voilà encore ce qui prouve la stupidité de cet homme, car il doit bien savoir qu'après une chute comme celle qu'il vient de faire, il ne faut pas qu'il s'enflamme le sang par l'abus du vin, lorsqu'il est agité surtout par la douleur que doit cau-

ser un accident aussi
grave. Les ouvriers
croient, en général,
qu'ils sont sauvés dans
leurs maladies, s'ils
peuvent se procurer cet-
te boisson : c'est leur
remède universel; mais
ils se trompent grossiè-
rement; il y a très-peu
d'indispositions où l'u-
sage de cette liqueur

puisse être salutaire; et c'est un grand service à rendre aux gens du peuple, que de les désabuser de cette erreur.

CHARLES.

Il me semble, maman, pour en revenir à la chute de ce bûcheron, que, si j'étois chargé de tailler ou d'émon-

der des arbres, et qu'il
mefallûtemployer pour
cela une échelle, ce que
je ne croyois pas néces-
saire parce que j'ai vu
faire cette opération
sur les boulevarts, par
des hommes qui se con-
tentoient de gravir,
j'aurois soin d'assujet-
tir mon échelle avec
des cordes, au tronc de

l'arbre, ou à quelque
forte branche; de sorte
que si celle que je cou-
perois me faisoit courir
le risque d'être entraî-
né avec elle, l'échelle
me retiendroit.

LA MAMAN.

Vous auriez raison,
mais les ouvriers sont
tous imprudens; ils ne

voient le danger que
quand le mal est arri-
vé. Une foule d'arti-
sans périssent faute de
précautions, dans les
différentes professions
qu'ils exercent, telles
que celles de charpen-
tier, de maçon, de cou-
vreur. Combien n'a
t-on pas vu aussi de
charretiers estropiés,

pour avoir tombé de leurs voitures, soit dans l'état d'ivresse, soit dans celui du sommeil; l'exemple de leurs camarades tués de cette manière ne les corrige pas.

Mes bons amis, songeons à la leçon de mythologie; demain nous serons plus en

état de discourir sur
Orphée aux enfers,
qui fait le sujet de la
figure suivante.

Le Lapin.

Charette qui a ramené le malade.

DIALOGUE X.

Orphée aux enfers.

HENRI.

Je reconnois la scène d'Orphée telle que je l'ai vue aux Ombres Chinoises. Voilà bien le mari d'Eurydice qui veut charmer, avec le

son de sa vielle, Cer-
bère, auquel la garde
des enfers est confiée.

SOPHIE.

Mais j'ai vu dans la
Fable, qu'Orphée avoit
une lyre, et non une
vielle.

LA MAMAN.

Vous avez raison :
la vielle est un instru-

ment moderne, qui étoitabsolumentinconnu en Grèce, où la fable d'Orphée a pris naissance, et ce n'est que par une espèce de parodie, qu'on l'a introduite sur le théâtre des Ombres chinoises. Orphée n'a jamais eu qu'une lyre ouun luth, dont il jouoit si bien

que, suivant la mytho-
logie, les arbres et les
rochers le suivoient,
et que les vents se tai-
soient pour l'entendre.

CHARLES.

Mais, maman, puis-
qu'Eurydice étoit la
femme d'Orphée, pour-
quoi n'a-t-on pas mis
dans la bouche de ce

célèbre musicien cette fameuse complainte, que j'ai entendu quelquefois chanter, au lieu de dire : *Rendez-moi ma petit' femme, monsieur, rendez-moi ma petit' femme.*

HENRI.

C'eût été plus touchant. Je crois que je

m'en souviens; je vais
la chanter.

J'ai perdu mon Euridice;
Rien n'égale mon malheur:
Sort cruel, quelle rigueur!
Je succombe à ma douleur.
  Euridice! Euridice!
  Réponds! quel supplice!
    Réponds-moi,
C'est ton époux fidèle:
  Entends ma voix
    Qui t'appelle.   (bis.)

Jai perdu, etc.

Mortel silence !
Vaine espérance !
Quelle souffrance !
Quel tourment
Déchire mon cœur !
J'ai perdu, etc.

SOPHIE.

Mais, mon frère, comme il s'agit ici d'amuser les enfans, on n'a pas voulu employer un air aussi plaintif. Tu te rappelles bien

6*

comme ils sont contens
lorsque les diables de
l'enfer crient au mal-
heureux Orphée, qu'ils
ne lui rendront pas
sa femme, et qu'ils lui
disent en chantant :

Tu n'auras pas, petit polis-
son,
Ton petit cœur, ton petit
tendron.

CHARLES.

Qu'avoit-il donc fait,

ce pauvre musicien,
pour être si maltraîté?

LA MAMAN.

Comment! vous avez
déjà oublié, mon fils,
ce que je vous ai fait
lire dans la mytholo-
gie. Pluton avoit mis
pour condition, en
rendant à Orphée sa
femme, qu'il ne regar-

deroit pas derrière lui,
jusqu'à ce qu'il fût
sorti des enfers. Le
malheureux Orphée,
piqué du démon de la
curiosité, n'a pu s'em-
pêcher de tourner la
tête, pour savoir si
Euridice le suivoit;
et aussitôt les dia-
bles sont accouruspour
la lui reprendre.

SOPHIE.

Voilà ce que c'est que la curiosité; c'est un vilain défaut. Je ne puis supporter les gens qui ont cette maudite passion.

LA MAMAN.

Il est vrai qu'elle porte presque toujours avec elle sa punition; nous

en avons un exemple
bien terrible dans l'His-
toire Sacrée. Vous sa-
vez ce que je veux dire,
ma bonne amie?

SOPHIE.

Oh! oui, maman,
vous voulez me parler
de la femme de Loth,
qui fut changée en sta-
tue de sel, pour avoir

regardé derrière elle,
contre la défense des
deux Anges auxquels
elle avoit donné l'hos-
pitalité, et qui l'avoient
sauvée, de Sodôme,
avec ses deux filles, un
instant avant l'embrâ-
sement.

LA MAMAN.

Ma fille, je suis ra-
vie de vous voir une si

bonne mémoire, et de
trouver que vous fassiez
un si bon profit des
leçons qu'on vous don-
ne. Demain Charles et
Henri, qui n'ont pas
beaucoup parlé aujour-
d'hui, nous explique-
ront la gravure du Ma-
gicien.

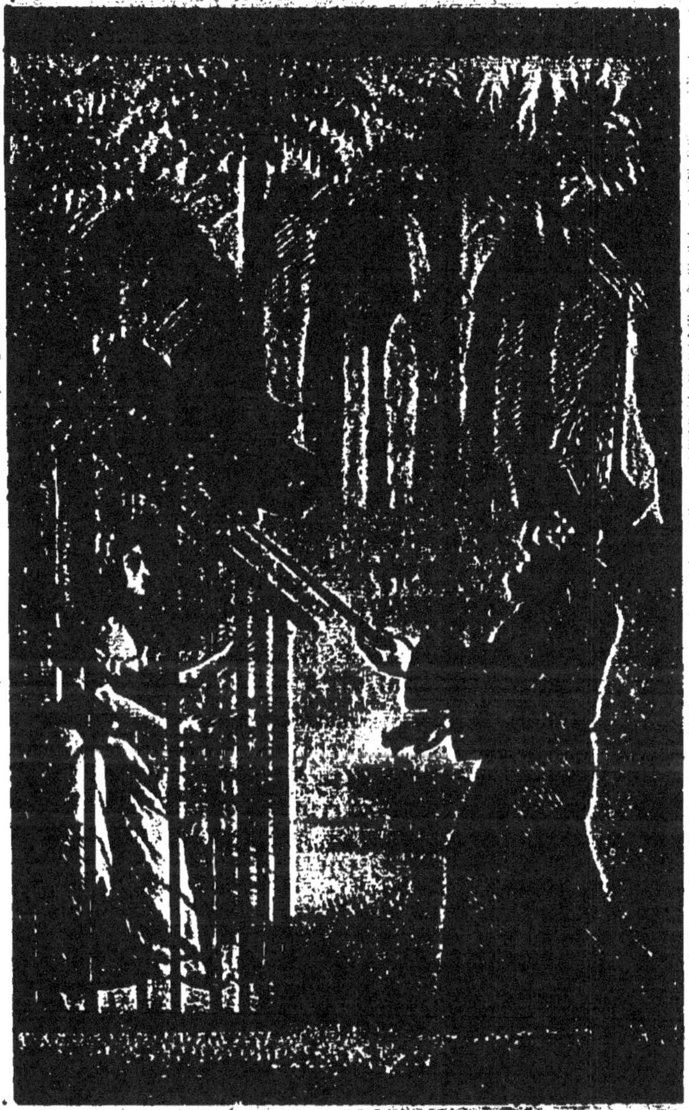

DIALOGUE XI.

Le magicien Rothomago.

HENRI.

Voici le célèbre magicien Rothomago, qui, après beaucoup de sortiléges de sa façon, donne des ordres pour qu'il paroisse une

jeune fille qui lui pei-
gne sa barbe.

CHARLES.

Mais, auparavant,
elle lui apporte un mi-
roir.

HENRI.

C'est juste, et aussi-
tôt qu'elle a eu fait
ce que le magicien lui
a commandé, celui-ci,

courroucé de ce qu'elle
l'avoit trouvé laid, l'a
sur le champ enfermée
dans une cage entou-
rée de vautours.

CHARLES.

Maman, qu'est-ce
que c'est qu'un magi-
cien?

LA MAMAN.

Charles, il n'y a

pas de magiciens : ce
sont des êtres chiméri-
ques, créés par l'imagi-
nation des hommes ,
pour effrayer les ba-
dauds. Qui dit *magie*,
dit pouvoir surnaturel,
ou faculté de faire des
prodiges; or il n'ap-
partient qu'à la Divi-
nité d'enfanter des mi-
racles; mais la sorcel-

lerie est une grande
ressource pour les théâ-
tres de toute espéce.

SOPHIE.

Oh! oui, maman,
car sans elle et la my-
thologie, nous n'au-
rions pas d'opéra. Les
ballets ne sont eux-mê-
mes que la représenta-

tion d'une foule de pro-
diges, opérés par des
êtres imaginaires, tels
que des faunes, des
silvains, des gnomes,
des zéphirs, des nym-
phes, des amours, et
enfin les habitans de
l'Olympe, qui n'exis-
tent nulle part, et qui
ont sans doute été en-
fantés par la supersti-

tieuse crédulité des anciens.

CHARLES.

Mais s'il n'y a pas de magiciens, comment Rothomago peut-il donc faire paroître et disparoître, à son gré, tout ce qui se présente devant lui?

LA MAMAN.

C'est que Rotho-

mago a des personnes
obligeantes, sous l'a-
vant-scène du théâtre
et dans les coulisses,
qui, avec le secours de
machines très-bien ima-
ginées, introduisent et
emmènent à leur gré
les personnages sur les-
quels ce magicien vous
paroît avoir tant d'em-
pire.

HENRI.

Ah! j'entends cela: c'est par ces mêmes moyens que ce géant se décompose, et tombe pièce par pièce.

LA MAMAN.

Sans doute.

CHARLES.

C'est donc de cette manière aussi, que la

pyramide, qui me sem-
bloit s'élever et dispa-
roître au commande-
ment de Rothomago,
subit plusieurs chan-
gemens?

LA MAMAN.

Oui, mon fils; mais
laissons monsieur Ro-
thomago et ses pro-
diges, pour copier les

exemples que vous a donnés votre maître d'écriture. Demain, nous parlerons de la Place Maubert.

Les deux Chats.

Première Vache.

~~~~~~~~~~~~~~~~~~~~~~~~~~~~~~~

DIALOGUE XII.

La Place Maubert.

LA MAMAN.

Henri, qu'est-ce que cette gravure?

HENRI.

Eh! maman, je sais parfaitement ce que c'est : cette gravure me

II   8

rappelle ce que nous voyons tous les jours en allant à la pension : c'est la Place Maubert. Voilà la fontaine et la boutique du savetier dont il est question dans la pièce que l'on joue au théâtre de Séraphin.

CHARLES.

Ah ! je me rappelle

aussi cette comédie. En voilà le sujet : si je ne me trompe, c'est un homme à qui l'on demande sa fille en mariage : il répond qu'il n'a rien à lui donner, et puis... Ma foi, je ne me souviens pas du reste.

SOPHIE.

Comment! tu ne te

rappelles pas qu'un instant après il passé un petit bon homme qui vend des listes de numéros sortis à la loterie, que le cordonnier en achète une, et qu'aussi-tôt il voit qu'il a gagné un terne.

HENRI.

C'est vrai, et puis

cela lui donne le moyen de doter sa fille : c'est pourquoi on voit passer les gens de la noce conduits par un violon.

CHARLES.

La mariée et son mari ouvrent la marche, et les conviés les suivent ; ils ont tous de beaux bouquets.

Ce savetier a vraiment eu du bonheur de gagner ainsi à la loterie! Oh bien! moi, je vais économiser, pour y mettre tous les jours.

LA MAMAN.

Mon ami! vous auriez tort; il est excusable à un pauvre malheureux de tenter par-

fois la fortune; mais
vous, qui ne manquez
de rien, vous n'avez
rien à donner au ha-
sard : c'est en travail-
lant, en vous instrui-
sant, que vous parvien-
drez à accroître votre
aisance. Un enfant qui
se fait un devoir de
répondre à l'éducation
qu'on lui donne, qui

profite des soins que
l'on prend pour l'ins-
truire, ne se trouve
jamais dans le cas de
chercher son bonheur
dans les chances du
sort; il le trouve dans
lui-même. Le mérite
est une source inépui-
sable de richesses; et,
quoiqu'on en puisse
dire, des talens solides

ne laissent jamais
un homme dépourvu.
Voyez vos deux oncles :
l'un est architecte, l'autre est médecin ; et tous
deux ont voiture. Votre
cousin Alexis est des-
tiné à la profession
d'avocat, et s'il conti-
nue à se distinguer,
comme il le fait, dans
ses classes, il fera l'hon-

neur du barreau, et
vous le verrez un jour
dans l'opulence : son
frère aîné, au contraire,
qui ne rêve que jeu et
loterie, sera quelque
jour à charge à sa fa-
mille, s'il ne chan-
ge de conduite. Mais
laissons-là la morale,
et dites-moi, Henri, le-
quel aimez-vous mieux

des Marionnettes ou
des Ombres Chinoises
de Séraphin?

HENRI.

Maman, j'aime mieux
les Ombres Chinoises.

LA MAMAN.

Quelle en est la rai-
son?

HENRI.

Ç'est qu'aux marionnettes on voit les fils qui font mouvoir tous ces personnages de bois, tandis qu'aux Ombres Chinoises ils échappent à la vue.

SOPHIE.

Henri pense comme un homme raisonnable; il est vrai que, dans le dernier cas, l'illusion est plus complète.

LA MAMAN.

Demain, donc, nous passerons aux gravures qui représentent encore des Ombres Chinoises.

Bouquet de la Mariée.

DIALOGUE XIII.

La Poule plumée.

LA MAMAN.

Comme j'ai été très-contente de votre écriture, mes enfans, je vais assister à votre récréation, et vous expliquer la gravure que vous voyez.

HENRI.

Oh! maman, je sais bien ce qu'elle repré-sente: c'est une femme qui plume une poule, et un homme qui la regarde.

CHARLES.

C'est juste, l'homme qui est avec elle devoit être régalé d'une bonne andouille; mais pendant qu'il faisoit un tour de jardin avec cette femme, le chat a mangé l'andouille, et la maîtresse du chat offre de le traiter avec une volaille.

SOPHIE.

La manière dont cette poule descend de

9*

l'échelle, est vraiment étonnante; elle ne passe pas un échelon; et je ne puis concevoir comment on peut ainsi rendre la nature.

HENRI.

Comment! ma sœur, est-ce que ce n'est pas une véritable poule? Mais j'ai vu voler des

plumes de ses aîles,
quand on la plumoit,
ainsi que l'indique la
gravure.

SOPHIE.

Non, mon frère, c'est
une imitation, mais si
fidèle, qu'il est impos-
sible de dire si c'est
l'œil ou le jugement
qui se trompe, lors-

qu'on assure que ce n'est pas une poule naturelle.

LA MAMAN.

Vous avez raison, ma fille, mais vous ne dites rien de la générosité de cette femme, qui se défait de la plus belle de ses poules, pour régaler un de ses

voisins : ne voyez-vous
pas en cela un trait
de désintéressement
que l'on ne trouve que
dans la classe inférieu-
re du peuple? Cette
poule fait peut-être
un quart de la fortune
de cette pauvre femme:
eh bien! elle la sacri-
fie au plaisir qu'elle a
de bien traiter un

homme qui n'aura peut-être jamais le moyen de lui rendre la pareille. Dans la socié-té des gens riches, au contraire, il ne se donne pas un dîner, qu'on ne calcule d'avance le nombre d'invitations qu'il produira; et s'il est une maison qui manque d'exactitude à

cet égard, elle est ef-
facée à jamais de la liste
des conviés. Il n'en est
pas ainsi parmi les gens
du peuple, et surtout
parmi les villageois. S'a-
git-il de fêter un pa-
rent, un voisin même,
ils n'examinent pas s'ils
seront fêtés à leur tour;
ils ne voient que le mo-
ment présent, et s'em-

pressent de donner ce
qu'ils ont de meilleur;
ils imitent enfin cette
pauvre femme, qui a
tué la plus belle vo-
laille de sa basse-cour;
et qui, comme vous le
voyez dans la gravure
suivante, fait traire les
vaches, qu'elle tient
à loyer, pour lui ser-
vir du lait chaud et
de la crême.

HENRI.

Mais si elle avoit tué sa poule exprès pour cet homme-là, comme vous le dites, nous l'aurions entendu crier, puisque le poulailler est au-dessus de l'échelle.

CHARLES.

Aussi a-t-elle crié :

II.   10

je l'ai très-bien enten-
due, moi.

LA MAMAN.

Allons, voilà enço-
re mes deux petits lour-
dauds : on leur a dit
que ce n'étoit qu'une
fiction, une imitation
très-adroite, à la vé-
rité, de la nature ; et
les voilà qui prennent

une ombre pour la réalité.

LA MAMAN.

Mes enfans, j'ai promis aujourd'hui de vous mener à la promenade, allez tous vous préparer; je suis sûre d'avance que vous vous amuserez beaucoup en faisant le tour des boulevarts.

Deuxième Vache.

DIALOGUE XIV

ET DERNIER.

Gobemouche.

LA MAMAN.

COMME nous avons commencé nos entretiens par l'histoire de monsieur Polichinelle, il est bien juste que nous les terminions en

10*

disant encore un mot
de ce célèbre person-
nage. Voyons, Charles,
qu'apercevez-vous dans
cette figure?

CHARLES.

Je vois, maman, Po-
lichinelle enlevé par le
diable.

HENRI.

Oh mon Dieu! oui,

c'est bien lui, et voilà Gobemouche qui le défend, en mordant les jambes du démon.

SOPHIE.

C'est un chien bien appris, que ce Gobemouche; il porte du secours à son maître avec un zèle et une ardeur incroyables, lorsqu'il le voit en danger; mais je ne reviens guère de son acharnement contre une espèce de mannequin privé de sentiment.

LA MAMAN.

Ce n'est sans doute qu'après beaucoup de soins et de peines, qu'on est parvenu à faire pren-

dre à ce chien de l'a-
version pour la forme
de ce diable, contre
lequel on l'a agacé
long-temps

HENRI.

Mais quel est donc
ce démon qui veut em-
porter Polichinelle? Ce
n'est sûrement pas ce-
lui dont on menace les

enfans qui ne sont pas
sages, et qui n'ont pas
de religion : ce n'est
pas, à coup sûr, le dé-
mon de l'enfer.

LA MAMAN.

Oh non, celui des
Marionnettes est un
diable pour rire; c'est
le Lucifer de la fable;
et ce prétendu esprit

malin ne fait de mal à personne : il n'en fait pas même à Polichinelle qui est de bois, et qui ne sent rien.

CHARLES.

Mais puisqu'aux Marionnettes les acteurs ne sont pas des personnes naturelles, Gobemouche est donc de bois comme les autres ?

SOPHIE.

Ah ! mon frère, tu veux rire, je pense: quelque fidèle que soit le jeu des Marionnettes, quelqu'illusion qu'il fasse aux spectateurs, les gestes de ces mannequins sont encore bien éloignés de ceux de la nature, et il n'y à que les petits enfans qui puissent s'y laisser tromper.

HENRI.

Ma foi, Polichinelle, après que le diable est terrassé, enfourche son fidèle Gobemouche avec tant d'adresse, il se tient si bien à cru sur son dos , que le meil-

II. 11

leur cavalier ne pour-
roit faire mieux.

LA MAMAN.

Vous avez raison,
mon fils; mais aussi
monsieur Polichinelle
est celui dont on a le
mieux soigné les mou-
vemens : c'est un pro-
dige dans son genre :
c'est le phénix des pan-
tins.

CHARLES.

J'ai oublié de vous demander , maman , pourquoi on donne à Polichinelle une voix si rauque et si enrouée.

LA MAMAN.

C'est que ce cory-phée des automates ne haïssoit probablement pas le jus de la treille, ainsi qu'il est aisé de le voir à sa figure bour-geonnée, aux morilles dont son nez d'escar-mouche est couvert; et que quand les hommes sont adonnés à la pas-sion du vin, ils ont ce qu'on appelle une *voix de rogomme;* mais malgré ce grand dé-faut, monsieur Poli-

chinelle n'en est pas
moins le héros des mas-
carades et des danses
de caractères. Nous ne
taririons pas sur ses
louanges, si nous ne
voulions parler des fê-
tes et des parties de
plaisirs dont il fait les
honneurs. Au surplus,
si vous avez vu plus

haut que Polichinelle
avoit l'esprit querelleur
sur le théâtre, nous lui
devons tous la justice
de déclarer ici, qu'il
vit, hors de la scène,
dans la meilleure in-
telligence avec ses ca-
marades, et qu'on peut
faire à tous les person-
nages que nous avons

vus, l'application de ce
que dit Le Sage, dans
la pièce des *Ecriteaux*:

Les acteurs y sont de niveau,
Aucun d'eux ne s'en fait
accroire;
Les mâles au porte-manteau;
Et les femelles dans l'armoire.
Isabelle, sous le verrou,
Laisse Colombine tranquille:
Et Polichinelle à son clou
Ne cabale pas contre Gille.

FIN DU TOME SECOND
ET DERNIER.

Lyre d'Apollon.

TABLE

DES MATIÈRES

Contenues dans le premier et dans le second tomes.

PREMIER TOME.

FIN DE LA TABLE,

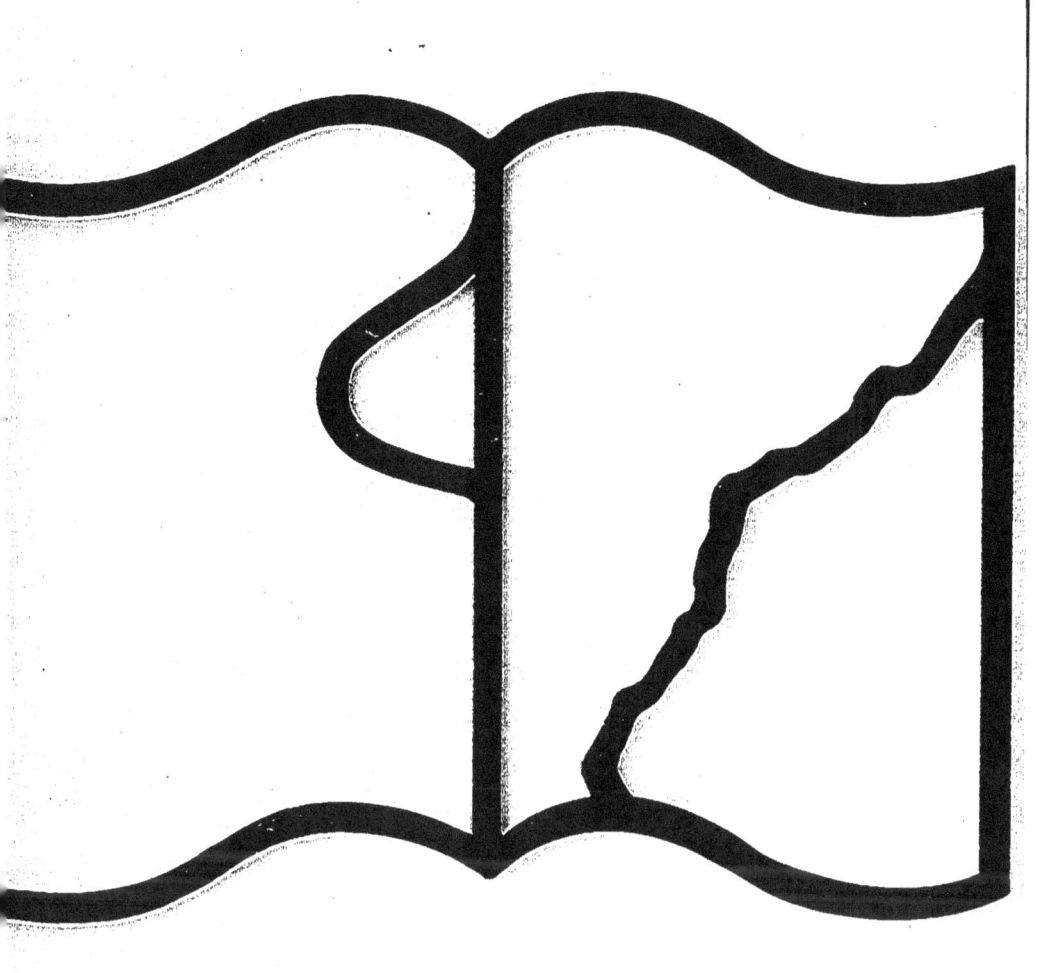

Texte détérioré — reliure défectueuse

NF Z 43-120-11

Contraste insuffisant

NF Z 43-120-14